JN115272

途中の話

和田まさ子

思潮社

途中の話

和田まさ子

思潮社

目次

i　目覚めている青山

ii 声は残る

iii 津南

装幀・装画＝井上陽子

途中の話

和田まさ子

i　目覚めている青山

一石橋

景色を見に
日本橋に行く

橋と橋の間隔は狭く
すぐに西河岸橋
やがて一石橋
ここには迷子の伝言板の石柱が立つ
むかしもこのあたりでは
勢いよく歩きまわり

つないだ手をはなし
見知らぬ路地に入ってしまう子や
おとながいた

橋を見てこころに咲くものがある
川の金箔の波に照らされて
うるおうからだがある
先へ、先へ
ニンゲンの上流へと急ぐ

きょうも
帰り道がわからなくなり
途方に暮れるひとがいる

坂の勾配

冬がきて
坂の勾配がつよくなった
町の凹凸につまずきながら
くだっていく本郷菊坂
谷底のような一角に
青いペンキ塗りたての井戸がある
つるべ井戸ではなく
ポンプ式の井戸

その奥は崖のように切り立つ石段
日々の水を汲むために
降りては上がった若い一葉は
賃仕事の洗い張りをしたり
荒物や駄菓子を売り
書いて、若いまま亡くなった

ニンゲンのふりをして
大股で歩きはじめた一月
こんがらがった局面から
逃げるつもりでつかんだポンプ井戸のハンドルも
芯棒の定まらない今日の腕力では
清冽な水を汲み上げられない

梅の透かし文様の入った机を持っていた
それだけは伊勢屋質店にも入れないで
生涯が机とともにあったひと

間借り家の横の階段
その上の細い道を行くと
滑り落ちていく鐙坂
寒いのに汗をかく
ダウンを脱いで身軽になる

そんなに着物を質に入れて、冬を越せたの?

終焉の地は紳士服のコナカの店の前
「墓碑銘——さて死んだのは誰なのか」

と残した哲学者も、もういない
死んでなお物語がまだ生きている白山通り
主役はもういないのに
幕は下りない

純愛

通りを歩いてくる人が
パイを持ちながらなにか喋っている
しかし、なかなかパイを食べない
すれ違うとき声が聞こえる
平たいものはスマホなのだ
いつでもわたしたちは
どんな新型製品にもすぐに適応するタイプの生きものだ

新宿のデパートの屋上
一組みのカップルしかいない真昼のビアホールは
カンカンと全テーブルの焼肉用網の火が燃えている

林芙美子はどんな仕事も断らず
引き受けてしまうから
ほかの作家から嫌われていた
嫌われて上等だっただろう
「うで玉子飛んで来い。
あんこの鯛焼き飛んで来い。
苺のジャムパン飛んで来い。」
向こうから飛んでこなかったが
つかみに行った芙美子

うで玉子も鯛焼きもジャムパンも
いまは
どれも近所のコンビニで買えるのに
わたしは純愛を忘れている

*「放浪記　第三部」より引用あり

廊下について

廊下の突先の窓ガラスは
右側だけ二重ガラスになっていて
そこにはいつでも水滴が溜まって
東欧のレースのような文様になっている
家の片隅にあって
変わらないものだ
ひとはときどき理由不明で生き場所を変える
あっという間にいなくなるふあんな生きもので

芥川龍之介は
「廊下はけふも不相変牢獄のやうに憂鬱だつた」
といった
そんな廊下に引きこまれて生きたひとは
改行なしの一筆で
この世の廊下を急ぎ足で行ってしまった

新宿で
行き先のビルに着かない
グーグルマップも役に立たない
交番もない
そんな道に比べて
上がった歩道橋の直線のなんという潔さ

しかし、そこには逸れる横道はない
ひとはジンセイを渡り終えることしか
なさねばならぬこともなく
いま、つかもうとするものをつかみそこね
下を自動車が突っ走る歩道橋の真ん中
ゆらゆらと小さな地震のような揺れのなかで
立っていると
背後から
声がする
サッサトマエニイケ

廊下について書いていたのだった
返事のこない手紙は
何を問うたのかもうわからなくなっている

いつだって
すでに終わっていることは多い

わたしを掃く

冬の底の乾いた部屋で箒を持っている
どのようにわたしを掃き出したらいいのか
掃除機の出番ではなさそうだ
わたしはそんなやわな埃ではない
こびりついた煤もある
ひとまず
古い新聞紙をビリビリと裂いて
濡らし、絞って、撒くが

いっそ水をからだごと浴びてしまいたい

愉しいことが一つ二つあったとしても
ここから逃げのびたい二月
なにが話題になっても
「それは知っている」とひとはいいたがって
待っているのは
かつての「よかった世のなか」
それは六畳間の鍵のかかった桐箪笥のなかにある

掃き出された部屋からやってきて
現在という回り道をする
地下道、陸橋、廃屋のアパート
公園には涙の点々が描かれた青いライオン

黙っていれば
ひとも青く塗られる

節分が過ぎて、鬼は居場所をなくしたが
ティムは春いちばんの黄色いトリカブト属の花を
エセックスの林のなかで見つけた
武蔵野ではオオイヌノフグリが咲きはじめた
それぞれの悪夢を抜けて
「これからの」という川辺をゆく
冷たい水に手は伸ばせないけれど
川底に日が差している

椿の角から路地に入る
幾度も岐路に立ったが

「道は残っている」
とたじろがない佐多稲子の東京地図
上野公園の花見客のあいだを駆け抜けて
次は御徒町を歩き
グーグルマップの案内がなくても
生き抜いた

記憶の断片が
押し寄せて
湿った場所に集まっている

蛇崩川

権之助坂の
赤いアーケードをくだっていく
ゆっくりと歩いても短い商店街で
そこを過ぎると目黒川
きょうは色川武大の「百」の文庫本をバッグに入れている

台所のハハはいつも小豆を煮ている
学習机の椅子に座っているわたしは

背中で火の爆ぜる音を聞いていた
チチの帰りを待っているのだが
家族にチチは本当にいたのだろうか

ニュース速報がいつものことになったので
何も手がつかないまま
川沿いのアスファルト道を歩く
近寄らなくても
いずれ向こうからやってくる
ひと、もの、こと
わたしを壊すものたち
届くものでなぐさめられることはない

通っていた松が丘小学校の横にあった蛇崩川

それが下馬一丁目で目黒川に合流する
長い組成
わたしのなかに流れていた
不思議な名称の、親しく同伴する川が
もっと大きな流れと
ここで出会う
どこにもいないと信じていたチチが
川という物語になっている

分かれ目という涼しさ

生きていても隠れたい三月
雲を呼ぶことができるひとを探して
自由が丘に行く
東急東横線と大井町線がバッテンに交わる駅だ
こころは固く縮こまっているが
分かれ目という涼しさに吹かれたい

視線の先では松が丘小学校三年で同じクラスだった咲ちゃんが
電車のような狭くて長い自由が丘デパートに入っていく

五十嵐金物店の次は、右に佃煮の中島、左にお寿司の桃山
ポニーテールをふりふりしている咲ちゃんと
白いひかりの奥へぐんぐん進む

外で起こっていることが
浮かんだり、沈んだりして
消えていく
もっと先へ行こうよと声をかけ、横を見ると
いなくなっている咲ちゃん

インターネットニュースが毎分更新する
顔認証世界になり
化粧が変えられなくなった
最近はニンゲンのからだをしていても

素通しのガラスでできていることがあり
握手もできない
素振り、空振り、ノーヒット

うららかにさくら咲く
ひっくり返すと
流血の場面
セカイのバッテンにいて
立ち止まりたくない春
からだの向くほうに傾いていく

冬の障子

あんみつの蜜のように
ひとでいることに
とろりと慣れきってしまいたくない
ひととわたしの蜜は味がちがうはずだから
きのう
ひとの肌を舐めた
イタドリの味だった

坂では影が交差し
転がるひとを増やしている
尻に重心を置いて
生き残るための体型を保つ
ひとはどんなにぶざまな姿勢もやってのける
坂の下の地面がくねくねと撚れて
冬日が太い棒状になって顔を照らす

ひとりは山梨から
ひとりは岩手からやってきた
人びとは水のように移動して暮らす
「故郷を出てよそに移るたびに失敗している気がする」
ジャニス・ジョプリンは各地を移動して
暗がりにむかって声をふりしぼった

本郷四丁目
東京の日々に
過剰に生きて
くるしみとよろこびが交差し
そのまま静かに奥に消えていく
ふたりのひとたちも
冬の障子を見上げたのだ

目覚めている青山

龍土町美術館通り
星条旗通り
強い日差しがひとを蹴散らし
隠れているものと睦み合う闇が見えて
六本木トンネル
新国立美術館を通り過ぎると
青山墓地になる
墓地の道筋には通りの名前があり
番地もついている

郵便通り
あかまつ坂通り
なつみかん通り
まるで
この世の街路と同じように
死者たちの行き交う道が交差している

桜並木がある
咲いたら、花見をするのだろう
だれが？

夏が育ち
よき予想はことごとくはずれ
代わりに順番を待つ長い列は果てしない

死の濃度を深めている二十一世紀で
目覚めている人びとが住むところ

高層ビルに囲まれた青山
墓石が海水浴場のように混み合い
採り立てのレタスのようなひかりがあふれている
生者は見ているが見られていて
きょうも明日も
わたしたちの背丈を超えて
墓は生きているように立っている

言葉のいらないエリアから
青山通りに出ると

広告塔の液晶画面では
静かに爆発する球体が映し出されている
だれも助けてとはいわない

ii 声は残る

声は残る

渡辺豆腐屋が東郵便局のとなりにあって
朝は湯気があがり、豆乳の匂いのする街角だった
絹より木綿だよね
木綿のほうが生きている気がするだろう
といった町の人の言葉を聞いて
福間健二さんは詩に書いた
疫病の時代がジグザグな道を描いて
雨が乱暴に降ったほころびの日も過ぎたが
声は消えないで、残る

ある日新しい町になっているので
朝起きてから朝食の支度に手間取り
じぶんの居場所を小さくつくろうとしているのだが
脈絡のないことに
深くこだわっている
豆乳はどこに流れていってしまったのか
いつの間にか
四角いアパートになって
長靴をはいた働き者のおばさんが
どこに行って
なにをしているのか
知らないことが多すぎる

ファミリーマート海田東四丁目店と
ふく動物病院に囲まれた駐車場
喋ることはまだたくさんあるのに
いきなり終点に着いたので
ではまたと
おやすみなさい
やりとりをした
街灯はないのに
そこだけ明るい踊り場のような場所で
二十年話した
でも、なにもかも
途中の話
その本をずっと読んでいる

鹿になる日、あるいは百年後

ある日
いつもは歩かない町がほしかった
電車でひとつ先の駅で降りる
駅前通りを歩くと古びた洋品店があって
青いブラウスをからだに当てていると
似合うとも似合わないともいわない店のおばさんが
それはねえ、いい生地でつくってあるのよと
売りたくないのだと思わせる声でいう

店のなかには
鹿の柄のワンピースも売られている
その鹿がリアルすぎて
着たら鹿になってしまいそうだ
でも、座ってせんべいを食べているわたしを
男が好みそうなので
買う気になっている
おばさんを見たら
何もいわない

角の動物病院では
犬はこれから何をされるか知らないで
よろこんでいる
鳴いたり怖がったりしない

ひとはスマホにかまいきりで
ニンゲンがこの世を攻撃する場面を見ている
足の骨を折った犬は死ぬかもしれない

ある日
会ったことのない祖母が枇杷を食べている
その祖母のことは
枇杷が好きだったことと
ホームと電車のすきまに落ちてしまったことだけを
母から聞いた
写真もないから
どんな顔なのかも知らない
近い縁者なのに
たったふたつのことしかわからなくて

でも、百年したら
わたしのこともわからなくなる

湯船

風呂場の窓から
キンモクセイの匂いが入ってきた
石鹸はいらない
あなたのきれいな指が
パラパラと銀河を叩く音
いつになると湯滴は水滴に温度を変えるのか

湯船に浸かり
眠りかけた
蕾がとろりとひらくような、そのとき
なにかおかしなことをいう漫才を聞いたようで
笑った
自分のその声におどろく
気がつくと顔もほどけている
どんな話でわたしは笑ったのだろう
全身をゆるめてほどく
好きなひとに会ったように
宙吊りのまま、目に見える重さが滴る

死はそうやって
やさしいユーモアの掛け合いを聞かせながら

思いもかけずくるのだろうか

いまだに分別がなく
都会に迷いこんだ最近の鹿が
なぜそこにいるかわからないで
ひとを見つめている
期待を持たないし
セカイの仕組みを理解できなくて
捨ててきたものにつまずくことがある
でも、いくつかの混乱した部屋を通った

酸っぱく発酵した夏に
サヨナラをして
こんどはどこへ行こうか

きょうは
うれしい、を選ぶ

七月にすること

七月十三日
お寿司、メロン
七月十四日
オクラとインゲンの天ぷら、お汁粉
七月十五日
茄子の煮物、くだものはスイカを供える
死んだ父母の好物は何年経っても変わらないのだろうか

夜毎、九時になると窓の外にヤモリが現れる
足の裏を広げ
ぴったりとガラスに貼りつく
貼りついたところには指紋のような筋もある
やわやわとした色は赤子の手のひらのようだ
小さな生きものたちの肌は似ている
ゆっくりと眺めていたいのに
ヤモリはすぐに窓を去っていき
ひとには成長という苦役がある

また波がきて
歓迎されない川で
ずぶ濡れになった

ひとの名前を覚え
殺生もし
愛することも知ったが
何かを失った
そうだとしても
できることはあるだろうか
何もない
ただ
地中にある粗暴な種子を一気に目覚めさせる
わたしを水浸しにし
脱色して
トウメイな夜の新生児になる

やわらかなわたのなか

冬至にはかぼちゃを食べなければ
といって、男が差し出した
まるまる一個のかぼちゃ
スーパーでも一個売りはなかったから
八百屋を探し歩いたと
ずしりとした緑の頭のようなものを押しつけられた

アメリカでは、ＵＦＯ報告がこのところ急激に増えていて
公聴会も開かれている
五一〇件のうち一七一件はニンゲンには説明がつかなくて
見たことがない動きをしているものがあると報告された
見たことがない動きを見てみたい
ニンゲンが予測できないことがあるから
だれかとわたしの明日に期待できる
いま、そのだれかはきっと石を叩いて
ひととの交信を試みている

かぼちゃがまな板の上にごろりと転がっている
切らなければと思うほどに気が重い
包丁の刃が入らない
桃太郎の桃はどうやって切ったのだったっけ

ひとが入っている桃だからそっと切ったんだろうと男が答えた
ネットで検索したら
桃は自然に割れたのだという
割れる、割れよ
特別の能力がなくても
弱さのかたまりになって固さに挑むことはできる
発熱するかぼちゃ

さっきから
桃太郎のように
かぼちゃに入っているわたし
中心のやわらかなわたには黄色い種が整然と並んでいて
そのすきまで月日を過ごし
ひとを忘れ

地上を忘れ
ぼくのおばあちゃんはかぼちゃを小豆と煮たよ
男の声がはるかに聞こえる

金魚のような水のなかのもの

布団に横になり
掛け布団をからだの上に掛けるとあっという間に眠る
と、じぶんのことを思っていた
しかし
ある日、気をつけていたら
すぐ眠らないでいるわたしが
右に向いたり
左に向いたり

天井を見たりしている
幼児のころ持っていた長いまつげの眠り人形のように
横にすれば目を閉じて
すぐ眠っていると思っていたのに
眠らないわたしがいた

現実の岸辺から
勢いがないと渡れないことがある
まだひとを恋しく思っているのだ
そんなときには
なにかにさわりたい
自分のからだに
おさまっていた指を
鶴の首のように横に寝ている男に

くいーっと伸ばしてしまう
目覚めさせてはいけない
金魚のような水のなかのものをさわるようにふれる

となりの男の肌は少しひやりと湿っていて
寝息を立てていた
思いを遂げて
指を引っこめる
やがて小刻みな痙攣
青い眠りに入る前触れがやってきた

背中の蝶

背中に赤い湿疹ができた
医者に診てもらう
モニター画像の背中に蝶がいる
赤くて、真ん中がくびれている
いつから昆虫を背中に止まらせたまま
生きてきたのだろう
さなぎはやすやすとわたしに張りつき
血液を吸って

鮮やかな赤い蝶に変態し
背中の段々畑に生息していた
だれかの背中にも
痛々しいけれどうつくしい蝶が
昼も夜もいるのだろう

スーパー、書店、レストラン
どこの入り口にもある手指消毒アルコール
その濃度が問題だ
市立図書館のものがいちばん薄くてよい
あまり濃いと荒れて
皮膚がこぼれてしまう
こころは皮膜にラッピングされている
わたしは内側よりも外側を大切にしている

記憶の縁をめぐると
幼い日の弁当の卵焼きはこよなく甘く
先生はやさしいが物思いにふけって
ときどき箸を落とすのだった

戦争と戦争のあいだで折りたたまれる月日
わたしたちはなにかの列に並ばされ
混乱と喧騒を浴びて
びしょ濡れの歳月の下僕となっている

眉の濃い男と住んでいる
料理をしながら見る
男の眉は青魚のかたち

海から上がってきたひとだ
わたしたちは銚子に晴れ着で行くだろう
蝶と菜の花の異国の電車に乗って

眠る前にきょうのよろこびを三つ書く
二つまでは書けたが
あと一つが見つけられない

ヒラタケの傘をさし

停留所にいると
雨が降るなかを
ヤスコ叔母はヒラタケをいくつか束ねて
それをさして山から帰ってくるのがみえる
道々、腹が減って
ヒラタケをかじったのだろう
キノコのまわりに歯型がある

あのひとはむかし床屋をやって暮らしていた
手のひらの力の入れ加減がわるいのか
カミソリがいうことをきかないのか
顔そりが下手で
客は血を流した
かといって、ヤスコ叔母はわるびれるふうもなく
わっと熱いタオルを顔にかぶせてしまう
タオルが顔を覆うのだ
死の真似事は用意されていて
リハーサルだと思って油断していると
いつの間にか本当になってしまう

もう東京に住むのがいいことであるわけもないだろう
なのに、阿佐ヶ谷に家を買うひとと内覧見学に行く

お試しのコスメセットを買ったつもりが
渦潮渦巻き鳴門巻きにうかつに取りこまれ
急かされているジンセイの中間地点が
ここだと楔を打たれて東西南北を確かめる
収納力はあるか
陽当たりはいいか
バルコニーから他人の家の屋根の角度を
身を乗り出してのぞいている

ヤスコ叔母の床屋は五年前に閉店した
いまはアパートに住んで
近くの山に小屋を建てて浮世離れの生活をしているカネキチ叔父に
きんぴら、巾着、佃煮
キノコづくしの常備菜を届けに行く

蜂避けだといって
赤や黄色の派手な服を着ている
山暮らしと行き来して
ヤスコ叔母はキノコめいてきた

叔母のゆくえ

この頃叔母が減った
世の中に少なくなった女性たち
隠れている叔母たちは
どこかのシェアハウスで
暮らしているのだろうか
それはどこにでも造ることができて
いつでも解体できる
河原に、野原に、もちろん都会にもあるが
叔母の居場所は見えない

わたしの叔母も
いまはそこにいるかもしれない
水のようにあっさりとしていたかと思うと
激怒して小学生のわたしを諭しはじめた
きのう、高校生だった叔母は
すぐに深い恋に悩む女性になり
うちにやってきては
赤いダリア色の長いスカートを
わたしにすっぽりかぶせて
あんたを食ってやる
というのだった
叔母は肌理の細かい白い足で
わたしの首に腹にからんでくる

少し息苦しいくらいの束縛
いつまでもそうしていてほしかった

長いスカートのなかで
雪が降り、雨が流れ、風が吹いて
叔母の感情はわたしに移り
母よりも濃い体液を叔母からもらい
貝のように合わされる
内側で奔流する
愛のようなもの
もっと叔母がほしい

iii 津南

津南

新潟県の津南には行ったことがない
けれども夏のあいだ
この地名がカラダのなかをめぐっていた
話を聞いているいまも
一本九十八円の津南の天然水のペットボトルが目の前に置いてある
水を求めて飲めずに死んだ人びとの八月を過ぎたが
国という字が驟雨のように降ってきて
水浸しの中庭を通った

ネズミはピンクの毒えさを食べて
二階から一階に降りてきた
やがて水を求めて外で息絶える
どこからか遊びにきていたネズミ
わたしたちも隙だらけの一匹として
駅ピアノを聴いているうちに
灰白い夕方になり
片耳だけを残して失せるだろう

コオロギ
アオマツムシ
八〇年代の曲がさわがしい
大通りの脇の緑地帯で
音にずぶ濡れてカラダが左右に揺れる

大股で歩く

忘れた傘を探しに歩道橋の脇の植えこみに向かうと
草が茎をくねらせ
一日のつとめを終えた安堵で朦朧としている
あなたも
草として生きていた津南で
ああして身をよじり
深く寝入った
ひとになって忘れたのだ

待っていることにこころは縛られるが
早くと急かされて
みどりのつま先から秋に入っていく

伊予柑を剝く

夕刊の三面記事を読む
きょう一日も
繰り返される事務連絡のように
ひと殺し、火事、強盗、記録的な猛暑
視界から見える景色がどんどん赤錆び
経年劣化して
止めどがない
「ラジオの音を少し絞って」

真夜中に
伊予柑を剝く
厚めに皮をざっくり切ると
橙色の実がてらてら光っている
手足が冷たい
納得しないことが澱のように沈んで
喉を通る
がらくたが灯に照らされている
それらを投げて
世間を打ち消したい

寝過ぎると
いやな夢を見る

夢のなかでひととすれ違う
誰だかわからないのだけれど
わたしがわるいような気がして
ていねいにお辞儀をした
それでよかったのだろうかと
首を傾げながら
川に向かって歩いている

あのひととは
この世で会ったのだった
伊予柑の匂いが眠りのなかまで
忍びこんできた

目玉を浮かせて

いなくなってから
類まれなひとだったと発見されることがある
おどろくが悲しまない
そのひとはもういないので
ニンゲンより水に近くなっている

ヴィヴィアン・マイヤーも発見された写真家
ただひとりの家族もいなくて

他人の家の乳母をした
部屋中に新聞を積み上げて
犯罪の記事を熱心に読む
大柄な女がシカゴのスラム街を歩く
しきりに撮る自画像
写真は素晴らしくて
ひととしては疎まれた
いつだって、いなくなってから暴かれてしまうが
変人と呼ばれるのはわるくない

雨が降って
たくさんの異国の言葉が混ざり
どの階調に合わせようかと角を曲がる
はだかで生まれて

何も持たずにやってきた
そら豆のようにやわらかな真綿に包まれて
いつか固い木材に囲われて出ていく
それまで目玉を世の中に浮かせて
撮りつづける

中央線はいつも混んでいるが
西国分寺の薄暗いホーム
武蔵野線の乗り換え駅
ここで降りるひとは多くて
路線転換は過去を断絶する
きっとつぎの電車のなかは産室のようにあたたかだ

そのまま中央線に乗っていく

自分の駅で降りたとき
何かを電車に置いてきた
わたしの目玉なのかもしれない

ウルチャ語で

「ビジン」はウルチャ語で「放っておけ」の意味
ウルチャ語を話すのは、いまでは一〇〇人しかいない
失われる寸前の言葉

放っておくのがいいことは多い
あのひとと昨日の言い争いに負けたこと
苦手なひとへの連絡

やらなければいけないことがあっても
未然形のまま
ビジンでいい

主軸が少し曲がっている朝だけれど
早々と蜂が働いている
景色のなかに伸びをする
今年の暑さを思い出した
大気を背泳ぎして秋を感じたい
風景のほころびを繕い
きょうをとびきり明るくする

シジュウカラの鳴き声は言葉だという研究
野原にたくさんの言葉が鳥からもひとからも降っている

「いい匂いの風」
「これは薬草だ」
「ヘビが横切った」

川べりに出る
触れたいひとにいま触れたい気持ちで
遠くから近づいていく
上流から旅をしてきた河原の丸石
幼子がべそをかきながら引っ張った草の穂
消滅寸前のウルチャ語を話す一〇〇人のひとたち
放っておけないひと、こと
会いたかったと呼びかける

＊吉岡乾『なくなりそうな世界のことば』を参考した箇所がある。

年越しの黒松

ふく動物病院の四つ角で
張り巡らされた電線に
三日月が引っかかって
抜け出せないでいる
夜空は
助けない
わたしも

助からない

甲羅を脱げない亀が地上を歩く
祝賀のために急いでいる
年越しの道をたどっているが
いつのまにか
生きている死者が
駆け足ですり抜けていく
黒松の葉が風で景色を掃くと
ひと皮剝けた世の中の
ひび割れた地面
なにもかも頼りなくなり
思い出すひともいない

きょうあった出来事を話しましょう
だれもが無言
なにか楽しいことはなかったのですか?
だれかは生き延びて
だれかは火のいろの衣を着た

この部屋には時刻のちがう時計が三つある

満潮

つけたり
消したりしているのは
冷房だけれど
誰かとの連絡網のスイッチかもしれず
それが壊れてから
話せなくなった人たちがいる

広大な埋め立て地が
海に浮かんでいる

まもなく満潮の時間だ

同じ本を読んで
同じところでひどい気持ちになる
そのためだけにとってある
「善人はなかなかいない*」
最後に理由なく人が殺される
いまはよくある話

出かけるときは
いつもバッグに入れて持っていく
開くことはない

*フラナリー・オコナーの小説

和田まさ子

東京都生まれ
個人詩誌「地上十センチ」発行

詩集
『わたしの好きな日』二〇一〇年、思潮社
『なりたい　わたし』二〇一四年、思潮社
『かつて孤独だったかは知らない』二〇一六年、思潮社
『軸足をずらす』二〇一八年、思潮社　第34回詩歌文学館賞受賞
『よろこびの日』二〇二一年、思潮社

途中(とちゅう)の話(はなし)

著者　和田(わだ)まさ子(こ)
発行者　小田啓之
発行所　株式会社思潮社
一六二―〇八四二　東京都新宿区市谷砂土原町三―十五
電話　〇三―五八〇五―七五〇一（営業）
〇三―三二六七―八一四一（編集）
印刷・製本　創栄図書印刷株式会社
発行日　二〇二四年六月二十五日